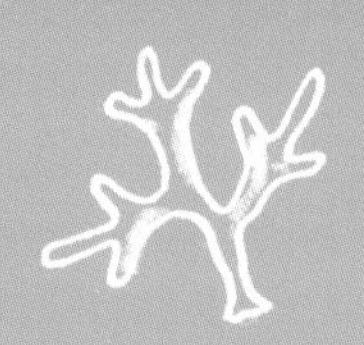

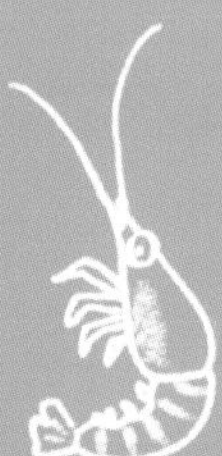

글 마도코로 히사코

1938년에 도쿄에서 태어나 도립 스미다가와 고등학교를 졸업하고 오차노미즈 중앙미술학교에서 공부했습니다. 한때 극단에 들어가서 연극배우를 꿈꾸기도 했지만 오랜 세월 동화 작가로 활동하고 있습니다. 어린이에게 꿈과 희망을 심어 주고 사랑과 우정을 일깨우는 따뜻한 내용의 동화를 많이 발표했습니다. 시와 동화로 제1회 일본 동화 모임상을, 시집『산이 가까운 날』로 제13회 노마 아동 문예상 추천 작품상을 받았습니다. 지은 책으로『리코는 엄마』,『도토리 숲의 지로 오빠』,『짝짝 슬리퍼』,『비밀로 해 줘』등이 있습니다.

그림 나카가와 미치코

1948년에 도쿄에서 태어나 호세이 대학교 문학부 지리학과에서 공부했습니다. 어릴 때부터 만화를 좋아했고 학창시절 만화 연구 모임에 들어가 주간지 등에 만화를 투고하기도 했습니다. 지금은 주로 어린이부터 고등학생이 즐겨 보는 잡지에 삽화나 만화를 그리고 있습니다. 종이 연극『괴수 도도라 돗토코』,『올챙이 백한 마리』,『장난꾸러기 도깨비』등의 작품이 있습니다.

옮김 김은경

한국외국어대학교에서 일본어를 전공했습니다. 일본에서 1년 정도 생활하다가 한국에 돌아와 출판계에 입문하였고, 단행본 및 아동 편집자로 활동하였습니다. 옮긴 책으로는『샤바케4』가 있습니다.

열 마리 개구리의 바다여행

마도코로 히사코 글 | 나카가와 미치코 그림 | 김은경 옮김

갈매기 관광

어느 날 아침, 커다랗고 하얀 새 한 마리가
조롱박 연못에 날아왔습니다.
"끼루룩! 안녕하세요. 제 이름은 갈매기예요.
제가 이번에 여행사를 열게 되었어요.
드넓고 상쾌한 바다로 여러분을 편안히 모시겠습니다."
"**개골?** 바……다……?"
열 마리 개구리는 눈을 껌뻑였습니다.

갈매기 관광
가자,
바다로!
갈매기 관광
갈매기 관광

"바다가 어딘데?"
"바다는 어떤 곳이야?"
"끼룩! 이 안내 책자를 보시겠어요?
지금은 체험 기간이라 무료로 다녀오실 수 있답니다."
"**개굴개굴!** 재미있겠다!"
"바다에 가고 싶어!"
"바다에 가자!"

열 마리 개구리는 갈매기를 타고
하늘을 날았습니다.
"도시락 챙겨 왔어?"
"응, 챙겨 왔어."
"기분 최고다. 경치도 좋아!"
"까불지 말고 꽉 잡아!"

갈매기 관광

"개굴! 엄청 빠르다!"
"저기 봐, 벌써 바다가 보여!"

"그럼 여러분, 편히 쉬세요.
저는 내일 아침에 여러분을 모시러 오겠습니다."
갈매기는 다시 훨훨 날아갔습니다.

철썩철썩.
"와아아, 바다다!"
"바다는 정말 넓구나."
"조롱박 연못의 백 배는 되는 것 같아."

"자, 모두 헤엄치자, 헤엄!"

첨벙! 풍덩!
철썩!

해변에는 처음 보는 것들이 많이 있습니다.
"게님, 게님, 안녕하세요."
"바다벌레님, 안녕하세요."
"바다의 별님, 안녕하세요."
"이것 봐, 조개껍데기 주웠어."

"개~굴, 개굴개~굴 개굴개~굴."
"개~골, 개골개~골 개골개~골."
모두 신이 나서 훌라춤을 춥니다.

모래사장에서 도시락을 먹어요.
"바다는 최고야!"
"개굴 행복해!"
하지만 똑똑이 개구리는
혼자 무언가를 곰곰이 생각했습니다.
"음…… 이상하다. 바닷물은 왜 짤까.
좀 알아보고 와야겠어."

“있잖아요, 게님,
바닷물은 왜 짠가요?”
“글쎄……, 잘 모르겠는데.
내가 태어났을 때부터 짠맛이었어.”

"소라게님,
바닷물은 왜 짠가요?"
"글쎄……, 모르겠는걸.
누가 소금을 넣은 게 아닐까."

"역시 그렇군.
그럼 도대체 누가
소금을 넣은 걸까."
똑똑이 개구리가 바위 위에서
바다를 들여다보고 있을 때였어요.

철썩!
"앗, 어푸어푸! 도와줘, 개굴!"

"큰일이야, 큰일났어! 커다란 파도가!"
"정말 위험했어, 똑똑아."
"똑똑아, 괜찮아?"
모두 개골개골 소란입니다.
"푸아아, 개굴 깜짝이야.
개굴? 안경이 없어."

출렁출렁 출렁출렁,

부글부글 부글부글.

그때 바다에 커다란 소용돌이가 일었어요.

물속에서 기다란 것이 뻗어 나왔습니다.
"개굴? 이건 뭐지?"
"뭐, 뭐지?"

“나는 문어란다앙.
이거, 네 안경이지잉?”
“앗, 똑똑이의 안경이다!”
“문어님, 제 안경을 찾아 주셔서 정말 고마워요.”
열 마리 개구리는 가슴을 쓸어내렸습니다.

하늘도, 파도도, 매우 아름다운 해질녘입니다.
"조롱박 연못에 돌아가면, 모두 개구리 도서관에서
바닷물의 비밀을 파헤쳐 보자."
"개골개골! 그러자!"
열 마리 개구리는 바닷바람을 맞으며
개굴개굴 노래 부르고 춤을 추었습니다.
"바다는 넓다네, 기분이 좋다네,
바다는, 바다는, 참 멋지다네."

2012년 11월 23일 초판 1쇄 펴냄

펴낸곳 | (주)꿈소담이 펴낸이 | 김숙희 글 | 마도코로 히사코 그림 | 나카가와 미치코 옮김 | 김은경
주소 | 136-023 서울특별시 성북구 성북동 1가 115-24 보문빌딩 4층
전화 | 747-8970 / 742-8902(편집) / 741-8971(영업) 팩스 | 762-8567 등록번호 | 제6-473(2002. 9. 3)
홈페이지 | www.dreamwodam.co.kr 북카페 | cafe.naver.com/sodambooks 전자우편 | isodam@dreamsodam.co.kr

ISBN 978-89-5689-838-4 64830
978-89-5689-780-6 64830(세트)

10-PIKI NO KAERU UMI E IKU